내 영혼의 슬픈 사랑

내 영혼의 슬픈 사랑

윤종관 시집

징검다리

차례

가을 추억	8
들 꽃	9
한 사람을 사랑했네	10
나무와 나	13
헤어지는 이유	14
비가 내립니다	15
전원으로	16
슬픈 사랑	19
잃어버린 시간	20
나 다시는 당신을 그리	
슬피 보내지 않으렵니다	22
카페 월	24
늦은 후회	26
그리운 사람	28
비	31
나 떠나가는 날	32
철지난 바다	34
날 수 없는 새	35
세상과의 이별	37
마지막 외출	38
사랑의 맹서	39
여정	40
울지 마세요	41
가버린 사람	42
인연	43
길	44
안녕	46
송추의 밤	47
기다림	48
미아의 눈물	50
추억의 산골	53
사랑하며 살게 해주세요	54
여름날의 사랑	57
우리 엄마	58
후회	60
계절의 눈물	61
내 영혼의 슬픈 사랑	63

이연	64	잊지 못할	121
사랑은	66	꿈꾸는 영혼	122
시월의 마지막 밤	68	연인산	124
내일	70	인연과 정은	126
귀로	72	형에게	128
먼 날	74	친우에게	130
슬픈 계절	75	오빠에게	132
내 몫	76	가을	134
졸업	78	그래야 한다고 합니다	135
어머니	80	꿈	136
N에게	82	슬픈 마네킹	137
빈집	83	바람소리	138
눈	84	그 섬에 가고 싶다	141
天上에서	85	기억속의 어머니	142
바보처럼 살래요	86	그리움은 바보처럼	144
겨울 편지	87	연꽃	146
공원묘지	88	이랬으면 좋겠어요	148
사랑하지 않으렵니다	90	봄	150
돌아오지 않는…	92	3月이 오면	152
미운 사람	94	당신의 뜻	154
우리는 中文學徒	96	인생	155
正義에게	98	가을빛	156
겨울 바다	99	가을연가	157
눈물의 편지	100	겨울밤의 낙서	158
홍천이 있습니다	103	봄의 오후	160
내 고향 방내	104	저자 소개	162
눈물	106	글을 마치며	164
집착	107		
영혼에게	108		
시간	110		
슬픈 노을	112		
외로움	114		
사랑이 울면	115		
그녀의 재회	116		
슬픈 이별	117		
한 해가	118		
동암역	120		

독자에게

첫 시집을 출간하고 많이 후회하였습니다
미흡한 글을 떨리는 마음으로 세상에 펴던 날
나는 부끄러워 얼굴을 들 수가 없었습니다
어느 날 문득 내리치는 빗소리에 가슴이 시렸고
바람이 울고 지나가는 슬픈 소리에
철새가 떠나가는 이별의 소리에 눈물이 났습니다
잠들 수 없던 밤이면 어둠을 헤치고 새벽을 달려
얼룩진 추억과 눈물이 쌓여있는 골짜기
낙엽 덮인 옛집을 찾기도 했습니다
많은 이들이 그렇게 살아가듯
나는 내가 왜 사는지 조차도 잊어버린 채
앞만 보고 달려가는 가련한 사람이었습니다
언제였나 빛바랜 노트를 찾아내 먼지를 털며
그대로 묻어두기엔 마음 아픈 편지를 정리하여
한 줄 또 한 줄 이렇게 남겼습니다
독자님의 가정에
사랑과 평화가 가득하길 또다시 바래봅니다.

2004년 2월 25일 인천에서 저자.

얼룩진 추억과 눈물이 쌓여있는 골짜기
낙엽 덮인 옛집을 찾기도 했습니다

가을 추억

보고 싶은 그대여
오늘은 몹시 힘겨운 하루였네요
서럽게 지는 낙엽을 밟으며
오지 않을 사람을 기다리며
온 종일 거리를 서성거렸습니다

이미 말라버린 낙엽에 입 맞추고
희미한 영혼에 편지를 쓰며
멀리 가버린 추억을 그리워도 했습니다

사랑하는 그대여
당신의 가슴에도 가을이 오고 있나요

이 가을엔 울지 않겠습니다
다시 사랑하지도 않겠습니다
당신과의 추억을 하나 둘 낙엽에 실어
억새풀 바람에 날리렵니다

내 사랑하는 그대여…

들 꽃

한 송이 꽃으로 피어나
화려하지 않게
향기롭지도 않게
한 여름을 뜨겁게 사랑하다
그렇게 온몸으로 지는 너는
이름 없는 들꽃이어라.

한 사람을 사랑했네

어쩌다 어쩌다가
우연히도 만난 한 사람
그 사람의 외로움을 알면서도
반마저 채우지 못하는 나는… 나는…
당신을 사랑했다고
죽도록 사랑했다고
그렇게 말할 수가 있을까
살다가 언젠가는
당신의 가슴에
행복이라는 그 이름 새길 날 있을까
비가 오면
무너지는 가슴을 움켜쥐고
거리를 떠도는 눈물 많은 한 사람
그 사람을 나는
사랑했네.

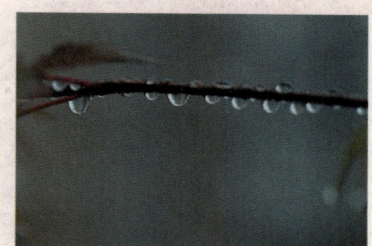

당신을 사랑했다고 죽도록 사랑했다고

나무와 나

나무야 너는 인생을 아느냐
바람아 너도 삶을 아는가

산허리 칭칭 돌아 하얗게 수채화 그리며
뒷산 느릅나무까지 걸려있는 저 안개여
그도 내 맘은 모르리

산다는 것은 고통이요
숨쉬고 있다는 것은 죽지 못하기 때문이다

갯가에 휘어지며 버티는 저 푸른 솔아
너만은 나의 인생을 알리라
나의 고된 삶을 알리라.

헤어지는 이유

사랑하는 사람을 떠나보내는 것은
미움이 쌓여서가 아닙니다
그리움이 넘쳐서도 아닙니다
하늘만큼 땅만큼
그렇게 더 많이 사랑하기 때문입니다

사랑하는 사람을 보낼 때에는
가슴이 아프면 하늘을 보고
눈물이 흐르면 두 눈을 감고
그렇게 이별을 해야 합니다

『세상에 태어나서 사랑을 하니
보이는 모두가 슬픔뿐이다
기다리는 시간이 절망뿐이다
가거라 나의 사람아
돌아오지 않을 과거로 떠나가거라』

그렇게 냉정하게
보내야 합니다.

비가 내립니다

비가 내립니다
거리에도 바다에도 나의 작은 가슴에도
이렇게 비가 내리면
지나간 날의 흩어진 추억들이 생각이 납니다
바다가 보이는 낯선 곳에서
우산도 없이 어둠을 헤치던 날들하며
창을 두드리는 가슴 시린 소리에 허공에다 얼굴을 묻고
밤새 비에 젖던 그 날들이 생각이 납니다
작은 섬이 보이는 강가의 쓸쓸한 카페에서
금방이라도 눈물이 쏟아지고
울음이 터질 듯한 외로운 모습으로 술잔을 들던 그 날이
가슴 저리게 그립도록 생각이 납니다
가로등 희미한 골목길에 하얀 비 내리던 날
멀리서 들려오는 교회당 종소리가 미웠던 그 날도
비에 젖은 얼굴이 그렇게도 내 가슴을 아프게 하던 날이
지금은 돌아올 수 없는 추억이 되어 나를 울립니다
비가 내립니다
오늘도 그 날처럼 그렇게 비가 내립니다.

전원으로

복숭아꽃 찔레꽃 바람에 날려
언덕 위 작은 집은 꽃 속에 묻히고
성황당 골짜기 맑은 물에는
버들치 한가로이 떠 노는구나

앞산 단풍나무 빨강 잎 지기도 전에
내 살던 옛집에는 눈이 내리네

몸은 도심의 불빛 속에 잠들고
영혼은 꽃 되어 산 속에 피어나니
나는 가야지 새가 우는 그곳으로
이름 없는 들꽃이 되어 돌아가야지.

복숭아꽃 찔레꽃 바람에 날려
언덕 위 작은 집은 꽃 속에 묻히고

초라한 종착역을 앞에 두고 슬프게 서있다

슬픈 사랑

내가 부르고 싶은 서글픈 이름이여
내가 기억하고 싶은 이슬 같은 눈물이여
한 시대의 어두운 추억과 목메인 상처만을 남긴 채
이제는 막을 내려야 한다

영화처럼 아름답지도 못했고
동화 속처럼 행복하지도 못했다

평생을 흘려야할 눈물을 반쯤은 쏟았고
죽어도 받을 수 없는 고통을 우린 너무 쉽게 체험하며
사랑이란 가슴 벅찬 이름으로 영혼마저 찢으며
초라한 종착역을 앞에 두고 슬프게 서있다

가슴이 저미고 눈물이 흐르지만
이제는 더 이상 부를 수 없는 이름이여
백년이 지난 후 눈을 감고 다시 만난다 하여도
숨결을 느낄 것 같은 따스한 사람이여

슬피 우는 새처럼 소리내지 못하고
목이 메어 절규하며 가슴으로 그 이름을 부를 땐
당신은 행복해야 한다.

잃어버린 시간

그 많은 시간이 지나감을 알지 못한 채
낯선 거리에 계절마다 잊지 못할 추억을 만들고
이제는 돌아갈 수 없는 다리를 건너 여기에 와있네
소나기가 지나간 뒤 안개 속에서 세상을 보고
눈보라가 몰아치던 고갯길에서 어둠을 맞았지
꽃잎이 눈부시던 날 나비와 같이 하늘을 날며
나뭇잎 물들던 가을밤에는 내 가슴도 빨갛게 물들여
어느 날 낙엽처럼 지고 말았다
잠들었던 그 밤 바람소리에 깨어나니
아! 꿈이었네 수 년의 시간을 꿈꾸고 있었네
깨어나지 못하고 잠들어 있었네.

時間

깨어나지 못하고 잠들어 있었네…

나 다시는 당신을
그리 슬피 보내지 않으렵니다

나 이제는 당신을 보내며 눈물로 얼룩진 슬픈 내 영혼을 위로하려 합니다 기쁨과 절망을 넘나들며 사랑과 갈등의 교차로에서 수없이 많은 날들을 번민하며 슬퍼했던 지나간 그 시간들을 가슴에 묻고 나 이제는 당신을 보내려 합니다 비가 오면 비에 젖고 낙엽이지면 잎새를 바라보며 눈물로 가을도 적시렵니다

세월이 가고 또 가고 먼 훗 날 그 언제일까 알 수는 없지만 내 당신 곁에 더 가까이 다가갈 수 있는 그 날, 그 날이 온다면 흐르는 눈물을 쏟아져 내리는 당신의 두 눈에 눈물을 내 떨리는 가슴으로 받으렵니다 그리고 나 다시는 당신을 그리 슬피 울게 하지도 그리 슬피 보내지도 않으렵니다.

22

나 다시는 당신을
그리 슬피 보내지 않으렵니다

카페 월

바닷가의 낯선 카페에는
슬픈 음악이 들려왔었지

창가에는 두 사람이 술잔을 들고
어두운 먼 바다를 바라보았지

자욱한 연기 속에 그 모습은
허공에서 울고있는 갈매기였지.

바닷가의 낯선 카페에는 슬픈 음악이 들려왔었지

늦은 후회

지금이라도 나는
가식으로 포장된 허울을 벗고
초라할 지라도
알몸의 인생을 살아가고 싶습니다
상처로 얼룩진 지나간 내 꿈들을 위로하며
가슴이 저리도록 아픈 과거와
가리고 싶은 안타까운 그림자 앞에서
나는 오늘도 울고 있습니다
사랑과 행복의 충만한 빛도
하얀 마음과 파란 내일도
어둠에 묻혀서 보이지가 않습니다
나는 내 하나의 인생마저도
지키고 가꾸지 못한 채
비틀거리며 병들어가고 있습니다
한 사람의 인생을 태워가며…

사랑과 행복의 충만한 빛도 하얀 마음과 파란 내일도
어둠에 묻혀서 보이지가 않습니다

그리운 사람

내 그리운 사람아
죽어도 못 잊을 사람아
너를 생각하니 목이 메인다
가슴에는 눈물이 고여온다
나의 젊은 날은 가고
파도 같은 추억만을 쌓아 놓았네
돌아갈 수 없는데
붙잡을 수도 없는데
시간은 가고
세월도 가고
내 그리운 사람도 멀어져 가고.

시간은 가고
세월도 가고

내 그리운 사람도 멀어져 가고.

雨

30

비

어둠 속에 내리는 저 비는
강이 부르지 않아도
바다가 찾지 않아도
그렇게 제 고향으로 돌아가는데
내 가슴에 내린 비는 어이 하나요
어이 하나요

늘 그렇게 나를 아프게 하듯
나보다 비를 더 사랑한 사람
오늘도 어디선가 이 비에 젖어
슬피 울고만 있을 얼굴을
그립도록 내 가슴에 새겨보리.

나 떠나가는 날

나 이 세상 떠나가는 날
목메어 그 이름을 부르렵니다
눈부신 하늘에 입 맞추며
어두운 흙 속으로 묻히렵니다

나 잠시 머물렀던 정든 세상에
못 잊을 그리움을 쌓아 놓은 채
나 떠난 그 자리에 눈물 뿌리는
가엾은 사람 하나 남겨놓은 채

그렇게 슬픈 길을 떠나렵니다.

눈부신 하늘에 입 맞추며

철지난 바다

외로운 바닷가를 걸어가는 소녀는
그 무슨 추억에 젖어 있는지
부서지는 파도를 바라보는 소녀는
무엇이 그렇게 안타까운지
철지난 바다는 너무도 고요한데
철이 지난 바닷가는 너무나도 쓸쓸한데
발자국을 남기며 걸어가는 저 소녀는
갈색 빛 머리가 바람에 날리는데.

파도를 바라보며 울고 있는 소녀는
그 무슨 슬픔에 젖어 있는지
짝을 찾아 날으는 새와 같은 소녀는
무엇이 그렇게도 안타까운지
철지난 바다는 너무도 우울한데
철이 지난 바닷가는 너무나도 초라한데
옷깃을 세우며 울고 있는 저 소녀는
눈물이 입가에 흘러만 내리는데.

날 수 없는 새

가여운 작은 새 한 마리는
오늘도 거리에 웅크리고 있습니다
숲 속의 집으로 돌아가야 하는데
하늘이 너무 높아 날 수가 없대요
강물이 너무 깊어 건널 수도 없대요
저 높은 하늘을 날아야 하는데
저 먼 강물을 건너야만 하는데
날개가 없어 날 수가 없대요
날개를 잃어 갈 수가 없대요
가여운 작은 새는 날개가 없대요.

이
별

세상과의 이별

한 생애의 끝이었습니다
세상에 태어나서
잠시 머물다가 돌아가는 그곳은 어딘지 모르지만
이미 숨을 멈추고 말이 없는 사람 앞에서
싸늘하게 식어버린 창백한 얼굴을 매만지며 울부짖는
분신들의 슬픔을 당신은 아는지 모르는지
그냥 눈을 감고 있었습니다

통곡소리가 들리는 세상에서의 마지막 이별은
얼굴을 닦고
가시는 길에 허기질까 한 모금의 양식을 입에 넣고
가슴을 후벼 파는 애절한 그 소리에 행여나 뒤돌아볼까
솜으로 두 귀를 막고 얼굴을 덥고
떠나는 먼 여정 길 바람에 옷깃이라도 출렁일까
명주옷 꽃신 칭칭 동여 맨 채로 그렇게 관을 닫았습니다

한 줌의 재가 되어 흩어지는 영혼으로…

마지막 외출

눈을 감고 있었어
잠든 것이 아닌데
옷을 입고 있었어
고운 옷도 아닌데
가는 길이 뭐 그리
급하기도 하던지
남은 사람 울려놓고
돌아보지도 않았어.

사랑의 맹서

여름이 지나가던 날
빗방울이 떨어지고
하늘에 별은 보이지가 않는데
가로등 희미한 불빛이 스며들던 창가에
눈물은 멈출 줄을 모르고 흘러내렸다
사랑의 끝이라는 이별을 앞에다 두고
언제까지나 영원하자던 사랑의 맹서가
그렇게 또 그렇게 가슴속을 울리며
세월과 함께 떠나가고 있었다
언제 온다는 기약도 없이
다시 온다는 약속도 없이
그냥 그렇게 떠나가고 있었다.

여정

나의 삶

나의 인생은

언제나

처음 시작하는

그

마음으로.

울지 마세요

울지 마세요
이제는 정말 울지 마세요
한순간 지나가 버린 그 많은 시간 앞에
허망하게 잠들어버린 못 잊을 세월 앞에
내 가슴도 울고 있어요
오늘 이 밤도
울다 지쳐버린 당신이여
애처로이 쓰러진 당신이여
떠나가버린 과거에 슬퍼하지 마세요
언젠가는 다시 또 우리 만날테지요
눈물도 절망도
이별도 없는 세상에서.

가버린 사람

또다시 오련가요
바람 부는 세상으로
슬픈 미소를 지으며
이별을 노래하던 당신은
언제 다시 오련가요
눈물 있는 세상으로.

인연

옷깃을 스쳐도 인연이라 했지
얼굴을 알고 이름을 알고
난 너의 아픔까지도 알았어

여름날 빗물처럼 내 가슴에 젖어와
어느 날 쓸쓸히 낙엽처럼 지던 사람
그것은 정말 인연이었어

사랑하면 안 되는 슬픈 인연.

길

당신이 돌아가는 길
나도 그 길을 기쁘게 가겠소
삶이 그러하듯
나도 그렇게 살아가겠소
예정된 시간을 위하여
나는 그 얼마나 분주 했던가
어려서는 철이 없어 몰랐고
자라서는 사노라고 잊었다
그리고 지금에 와서는
까맣게 잊고 싶어 잊었다
내 인생을 끌어안는 서러운 세월아
뒤돌아 너를 바라보니
지나간 시간들이 나를 슬프게 한다
내 영혼을 철들게 하는
아픈 하늘아
이별은 또 다른 만남의 시작이란다
영혼은 죽지 않는 불사조란다.

당신이 돌아가는 길
나도 그 길을 기쁘게 가겠소

안녕

당신을 바라보니 눈물이 나네요
너무나 사랑했기에

그 많은 날을 사랑하고도
나는 당신을 보내야만 하네요
이루어질 수 없는 사랑에 절망하며…

밤하늘에 별처럼 초롱이던 눈동자여
들에 핀 꽃처럼 향기롭던 가슴이여
우리는 헤어져야 하네요
하늘이 무너지는 슬픔을 안고

나에게는 아직도 그리움이 남아 울고 있는데
이제는 추억되어 떠나가는 당신이여
세상의 바람만큼 내가 사랑한 당신이여

안녕… 안녕… 이제는 안녕.

송추의 밤

비가 내렸습니다
산 속의 축제에 초대를 받아
어두운 밤 나는 빗속을 달렸습니다
큰길은 끝이 났고
네온 불이 출렁이는 고갯길에는
짙은 안개가 나를 맞았습니다
산 속의 파티에서
기쁨에 춤을 추던 그들과
술잔을 높이 들고 새벽을 맞으며
또 하나의 잊지 못할 추억을 만들고
비 내리는 새벽 그렇게 돌아왔습니다
저 아래
장흥의 꺼져 가는 불빛을 바라보며
산 안개 비에 젖은 송추를 뒤로하고
그렇게 나는 돌아왔습니다.

기다림

마음이 아파서
기다리다 못해서
내 속이 온통
숯검댕이가 되어도
준비하고 있을 거야
다시 만날 그 날 위해

언젠가는 오겠지
지나다가 오겠지
어쩌다 생각이 나는
그런 사람이라도 좋아
잠시 서성이다
돌아가는 사람이라도.

내 속이 온통 숯검댕이가 되어도
준비하고 있을 거야 다시 만날 그 날 위해

미아의 눈물

바람에 비벼대는 갈대소리도
해 저문 강가의 슬픈 외로움도
눈가에 얼룩지던 서러운 미소마저도
공허한 내 가슴에 매어두리
낙엽이 지던 날
흩날리는 머리칼을 석양에 물들이며
바람 불던 강가에서 미아가 되어
갈대숲을 맴돌던 당신은
오늘도
나의 가슴 한 켠에서
서글피~ 서글피~ 울고만 있다.

오늘도
나의 가슴 한 켠에서
서글피~ 서글피~ 울고만 있다.

그렇게 희미하게 멀어져 갔습니다.

추억의 산골

나 태어나 자라고
그 산과 들판을 놀이터 삼아
하루 해가 짧도록 진종일 즐거웠던
내 고향 방내는
지금도 정겹습니다

밤이면 하늘에 별들이 흐르고
때론 둥근 달이 때론 조각달이
마당 위 돌배나무에 걸려
새벽을 흔들던 가슴 벅찬 추억은
아직도 내 가슴에 남아있습니다

다람쥐 쫓고 물장구치며
낙엽이 굴러가는 것만 보아도
울어야만 했던 그 날들을
나의 기억 속에 한아름 안겨놓고
산 넘어 또 산 넘어
그렇게 희미하게 멀어져 갔습니다.

사랑하며 살게 해주세요

누군가를 미워한다는 것은
너무나도 마음 아픈 일입니다
누군가를 증오한다는 것은
너무나도 고통스런 일입니다
하지만 나는 오늘도 바보처럼
누군가를 미워하며 살아가고 있습니다
하지만 나는 오늘도 고통 속에서
누군가를 증오하며 살아가고 있습니다
내가 살아왔던 날들보다
내가 살아가야 할 날들에 기뻐하며
내가 사랑했던 날들보다
내가 사랑해야 할 날들에 가슴 설레며
지나간 기억 속이 눈물겹도록
누군가를 사랑하며 살게 해주세요.

누군가를 **사랑**하며 살게 해주세요.

여름날의 사랑

여름날의 사랑

지금 창 밖은
눈물이 쏟아질 만큼 서럽도록 비가 내리고
옷깃을 새우며 오늘밤을 보내야만 하는
이 서글픈 현실 앞에서 나는
또 하나의 안타깝고 마음 아픈 사랑을 시작했다
그것은 마치 석양에 물들어버린 붉은 노을처럼
가슴이 아리도록 그리움만 남는
세상에서의 마지막 슬픈 사랑일지도 모른다
내가 죽기 전에…

우리 엄마

우리 엄마
얼마나 사실까
하루하루가 변하는 얼굴은
나를 슬프게도 한다

밤이면 감자 깎고
아침이면 시장 가고
겨울비에 함박눈이 내려도
변함없이

얼마 후

따스한 봄 햇살에 새싹이 돋아나면
물 소리 흙 냄새 바람마저 산뜻한
고향
그곳으로 돌아가신다

뜰 앞에 콩 심고 팥 심고
강아지 병아리 한가이 키우며
이 춥던 겨울은 언제였나
잊은지 오래겠지

우리 엄마
고향에 봄이 오면
고사리 산두릅 잎새 파란 나물 찾아
뒷산 앞 골짝 아침 이슬에 젖으며
망태를 지고
한 발 두 발 산을 타신다.

후회

몇 년이라는 세월이
내 마음속의 미움을 데려갔습니다

그리고 어느 날
남아있는 마지막마저도 데려 갔습니다

시간은 더 이상
나를 기다려주지 않았습니다.

계절의 눈물

바람이 불고 찬비가 내리던 날
한 잎 또 한 잎
어느새 낙엽 되어 지고 마는
작은 잎새의 운명에 나는 괴로워한다

앙상한 가지를 허공에 남기고
먼 날을 기다려야만 하는 저 나무에도
나의 눈물을 뿌린다

들판에 피어난 이름 모를 꽃
뜰 앞에 대롱이던 잎새마저도
슬픈 계절의 바람 앞에
이제는 이슬이 되어 떠나버린다

이 가을의 눈물을 동반한 채
머나먼 그 곳으로 떠나버린다.

이렇게 가슴이 아파 올 줄을 미처 몰랐습니다
이렇게 마음이 무너져 내릴 줄을 진정 몰랐습니다

내 영혼의 슬픈 사랑

이렇게 가슴이 아파올 줄을 미처 몰랐습니다
누군가를 죽도록 그리워 한다는 것이
이렇게 고통일 줄을 진정 몰랐습니다
몰랐습니다

이미 저물어 버린 내 영혼의 슬픈 길목에서
어느 가을날 오후같이 지나가 버린 날들을
못내 아쉬워하며 못내 잊지 못해도 해봅니다

이렇게 가슴이 아파 올 줄을 미처 몰랐습니다
그 슬픈 그리움이 뼈 속까지 파고들어
이렇게 마음이 무너져 내릴 줄을 진정 몰랐습니다
몰랐습니다.

이연

떨어지지 않으려 아무리 애를 써도
헤어질 수밖에 없는 운명이 이연 이란다
『내 곁을 맴도는 이별의 흔적
남아있는 추억들이 나를 울리네』
유익종이란 가수의 이연이란 노래를 들어보니
노래 제목만큼이나 가사도 슬프다
세상에는 이연 이란 운명을 안고 살아가는 사람
분명 있을 것인데
그들은 어떻게 그 가슴 찢어지는 고통과
하늘이 무너지는 슬픔을 참았을까
그리고
지금은 어떤 모습으로 어떻게 살아가고 있을까
만나보고 싶다 나를 앞서 이연을 체험하고
또 다른 세상에서 당당하게
이 현실을 살아가고 있을 그들을…

異 緣

사랑은

사랑은 괴롭고
사랑은 무섭다고
말 하지만
사랑은
그보다 더
고통스럽고
사랑은
그보다도 더욱
두렵더라.

사랑은 그보다도 더욱 두렵더라.

시월의 마지막 밤

시월이 가고 마는 마지막 밤에
그저 이렇게 써봅니다

그 날과 같이
당장에 숨이 끊어질 듯한
그런 저밈은 아니더라도
어쩌다가 스치고 지나가는 글귀
그 하나하나에 마저
이렇게 연연할 만큼

지금도 슬픈 詩귀에 눈물이 떨어지고
그 자리를 쉬이 떠나지를 못하며
짤막한 몇 줄의 서러운 글마저에도
여전히 심장이 시린

시월의 마지막 이 밤
기약은 없었지만
텅 빈 가슴엔 낙엽만이 쌓여가고
헤진 마음에는 추억이 밀려오니
그저 아픕니다

수 년의 날들이 지나간 지금에도
여전히…

내일

지나간 날을 뒤돌아보지 말자
가슴 아픈 추억도 기억하지 말자
세상에는 아파할 일이 너무나도 많은데
사랑의 아픔이 여름날의 몸살보다
겨울날의 독감보다도 더 무섭게 나를 찾아와
수 없이 많은 날을 고통스럽게 울리지만
나는 다시 시작해야 한다
힘차게 일어서지 않으면 안 된다.

내일… 나는 다시 시작해야 한다

귀로

내가 살아가다 언젠가
기다리지 않아도
나를 찾아올 평화로운 그 날은
지금의 이 힘겨운 삶도
그리워지리

별이 지는 새벽 아침
안개 타고 나 떠난 자리
그 빈자리에
한 낮의 햇살이 내릴 때
당신이 기다리는 사람 나였으면 해

우리의 상처 진 가슴
잊혀지지 않는 얼굴
볼 수 없는 먼 곳에 있어도
당신의 가슴팍 살내음을 느끼며
나는 끝없는 여행을 해야 해

이미 흩어진 소중했던 것들
멈춰버린 내 모두는
이제 바람이 되어 흩날리리

생명으로 잉태하지 못하고 사라져간
그 많은 가여운 영혼들 중
잠시 이 세상에 머물렀다 떠나는 나
참으로 축복이었다 감사하며
나 이제는 당신의 품으로 돌아가리.

나 이제는 당신의 품으로 돌아가리

먼 날

나 죽어 이 세상에
다시 태어나면
서러운 눈물도
서글픈 추억도
남기지 않으렵니다

나 죽어 이 세상에
또다시 태어난다면
아픈 기억도
목 메인 이별도
남기지 않으렵니다.

슬픈 계절

가을이 왔습니다
고독과 외로움으로 울어야 하는
그런 슬픈 계절이 돌아왔습니다

푸르던 나무는
마지막 잎새에 숨마저 멈추고
황량한 들판에도 내 가슴의 벌판에도
가을이 왔습니다

바람이 울고 지나가는 슬픈 소리에
철새가 떠나가는 이별의 소리에
그렇게 또 그렇게 울어야하는 계절
가을이 왔습니다.

내 몫

몹시 추웠던 어느 해 긴 겨울날
밤새 절망하며
날이 밝기를 두려워하던 나에게
틈새 사이로 눈부신 햇살이 쏟아져 내릴 때
아! 삶이란 이런 것이구나
나는 희망의 빛에 굴복하고
어제의 무너졌던 내 모두를 추슬러
다시 시작해야만 했다
내가 살아가야 할 남은 시간에
힘겨운 짐이 고통 되어
내 심장을 모조리 도려낼지라도
나는 세상을 버려서는 안 된다
그 모두는
내가 마지막까지 가져가야 할 내 몫이기에.

졸업

졸업장을 말아 쥐고
꽃을 안고
사진을 찍네
아쉬움에 눈물을
글썽이면서
정든 선생님
사랑하는 친구들
손때 묻은 책상과도
이제는
헤어져야만 하네
여린 가슴에
이별을 알게 하며…

윤주영! 백민우!
졸업은 또 다른 도전의 시작이란다
서화의 우정 변치 말고 힘차게 이 세상 살아가렴.

어머니

평생 애가 마르고
얼마를 더 애가 타야 할지도 모릅니다
당신의 운명이거니 그렇게 생각하지만
그러기엔 너무나도 가엾습니다
목련꽃이 피던 날 홀로되어
이순의 끝인 지금에도
분신의 그림자 앞에 오늘밤 목이 메입니다
아직 이승에 남아있는 절망을 체험하며
낙엽을 쓸어 모아 한을 태우고 있습니다
마지막을 태우고 있습니다
나의 어머니는.

평생 애가 마르고 얼마를 더 애가 타야 할지도 모릅니다

:

나의 어머니는.

N에게

한겨울의 바람찬 어둠을 헤치며
오늘도 어제와 다를 바 없이 도시의 빌딩 숲을 지나
온기가 흐르는 작은 나의 집으로 돌아왔습니다
일상에 지치고 상념에 번민하며
고독이란 외로움을 한아름 안고
혼자만의 이 긴 시간을 잊으려도 하지만
보이는 모두가 쓸쓸하고 곁에 있는 모두가 두렵고
내 하나의 아름다움마저도 만들어가지 못한 채
그냥 이렇게 새벽을 맞아봅니다
잠시 뒤돌아보니
어제의 일들은 어느새 과거 속으로 묻혀버리고
안개에 젖어버린 또 다른 미래가 나를 슬프게 하네요
근 며칠을 고민하다가 내 가까이에 있는 그에게 속내를 드러내고
또 몇 밤을 마음 저려 보았습니다
그리고
끝내는 이렇게 내 아픔을 님에게 전해봅니다
힘겨운 내 곁의 사람에 짐이 되지 않으려
바보 같은 마음으로 철없이 매달렸던 내가 미웠다
지금에서야 돌이키며 나도 이제는
혹독한 겨울나기를
외로운 홀로서기를 연습하렵니다.

빈집

그 집 앞
닫쳐진 문밖에 내리는 비는
밤새 젖은 가슴을 때리는데
잊으려 해도
잊을 수 없는 추억 하나
서러운 눈물 되어 흘러내리고
이미 떠나버린 그 사람은
다시 돌아올 리가 없건만
빈집의 뜰에 서서
어둠 속의 불빛을 기다리니…

눈

눈이 내립니다
쓸쓸한 이 세상에
눈이 내립니다
앙상한 저 가지에도

지나가는 시간
그 시간들을
송이송이 눈 속에
하얗게 남기며

꽃을 피웁니다
하얀 꽃을 피웁니다

나무도 하얗고
지붕도 하얗고
온 세상이
하얀 꽃에 묻힙니다.

天上에서

사람들은 왜
이별 없는 세상을 저 하늘 위라고 하나
살아서는 갈 수 없는 멀고 먼 나라
별들의 고향

세상에서 못다한 인연을 天上에 기약하며
서럽게 죽어 가는 연인도
먼저 가버린 비정한 사람을 원망하며
목숨을 부지해 살아가는 사람도
이별 없는 세상에서 다시 만나자 언약을 한다

이미 죽어간 사람도 흔적을 남겼다

아름다운 세상에서 다시 만나요
여기 말고요 天上에서요.

바보처럼 살래요

길가다 비 내리면 두 팔 벌려 받을래요
내 님이 그리우면 소리 내어 울래요
밤하늘에 저 별들이 나를 보고 반짝일 때
풀 벌레 울음소리 내 가슴에 끌어안고
하늘에 입을 벌려 맑은 이슬 먹을래요
저 달이 날 울리면 달에게 물을래요
새벽이 밝아오면 두 눈을 감을래요
그렇게 한평생을 바보처럼 살아갈래요.

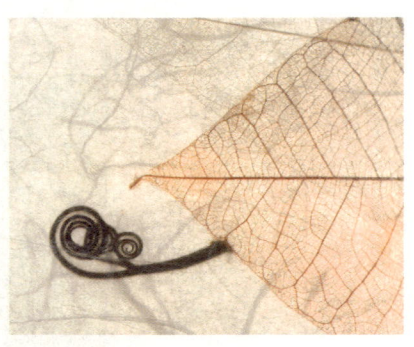

겨울편지

눈 쌓인 골짜기
시린 달빛이 밝혀주고
흐르는 별빛이 쏟아져 내릴 때
나는 몸서리치며
외로움에 떨고 있습니다
겨울여행
그 이름에 나를 버리고
잠시일지라도
내 지금은 당신에게 기대어
긴 겨울밤 이렇게 편지를 씁니다
?
....
....
....
....
....
...

공원묘지

지난 수요일 여주에 있는 공원묘지에 다녀왔습니다
사람이 죽었어요
한 평도 안 되는 땅속으로 묻혀지는 그를 보면서
백 년 아니, 오십 년도 못 살고 죽은 그를 보면서
빈손으로 돌아가는 벌거숭이 인생인 것을
우리는 잠시 머물다가 돌아가는 이 세상에서
시기하고 질투하며
가없은 인생을 살아가고 있음을 생각하니… 생각하니…

차가운 땅속의 어두운 흙 속으로 묻혀져
남아 있는, 살아있는 이들의 뜨거운 눈물에 젖으며
말없이 세상을 마감하는 한 사람

산 중턱의 잘 정돈된 그곳엔
산 자 보다 죽은 이가 더 많은 듯한 그곳엔
꽃들이 나란히 꽂혀 있었고
웃는 얼굴의 낡은 사진이 놓여 있었고
비석 비석마다에는 애절한 글귀들이 쓰여져 있었지요.

『아빠 사랑해요』
『엄마 영원히 사랑해요』
『우리의 사랑 하나 하나
우리의 눈물 하나하나 여기에』
『하늘은 높아 강물에 잠기고
강물은 깊어 하늘에 안기고』
『우리는 언제나 함께 있어요』
『내 사랑 여기에 잠들다』

정말 애절하게 보낸 이들의
찢어지는 아픔의 메아리가 곳곳에 남아
말없이 잠든
죽은 이의 흔적을 더듬으며 통곡하며
살아 숨쉬고 있는 나를… 나를…

사랑하지 않으렵니다

나 이제 다시는 사랑하지 않으렵니다
나 이제 다시는 울지도 않으렵니다

눈물로 얼룩을 지우며
사랑이란 이름으로 아파하고
사랑이란 이름으로 슬퍼하며
사랑이란 이름으로 절망하던 사람아

나 이제 다시는 사랑하지 않으렵니다
나 이제 다시는 슬퍼하지 않으렵니다.

사랑하지 않으렵니다

돌아오지 않는…

밤에 떠나버렸다
아무도 몰래 그렇게
늘 그 자리에 있었는데
밤에 떠나버렸다
함박눈이 내리던 겨울날
발자국을 남기며 달리던 너는
내 곁에서 맴돌고 있었지
별빛이 부서져 내리던 밤
달을 보며 울부짖던 너는
어디로 갔느냐
쫑긋한 두 귀에 갈색빛 옷에
둥근 꼬리를 흔들던 너는
그 어디로 떠나갔느냐.

아무도 몰래 그렇게 늘 그 자리에 있었는데

미운 사람

눈물이 있고
계절이 있는 세상에서
낙엽 지는 소리를 함께 들었지

기쁨이 있고
슬픔이 있는 세상에서
한 사람을 애태우며 그리워도 했지

지금은 가고 없는
지금은 내 곁에 없는
지금은 세상에는 없는 사람

미운 사람.

우리는 中文學徒

십삼 억,
그 수를 헤아릴 수 없는
大國人이 말하고 있는 말들을
익히고 있는 우리는
자랑스런 中文學徒이어라

멀지 않은 날에
北京에서 上海에서
많고 많은 사람과 사람들 속에서
얼굴을 높이 들고 현실에 마주할
우리는 그런
中文學徒이기도 하여라

아픈 시련과
고통스런 갈등 속에서
來日의
希望의 아침을 맞기 위하여
우리는 지금
분발해야 할 때이기도 하여라

사랑과

정열을 가슴에 안고

힘차게 進步하는 中文學徒여

그 이름도 길이길이 永遠하여라.

正義에게

그대여!
아직도 우리 곁에
정의가 있음에 기뻐합니다
하지만 세상에는
필요 악, 이란 것이 존재하고 있음을
우리 모두는 알고 있을 것입니다
현실은 슬프지만
미래는 너무도 행복함이 있음을
망각하고 있는 이 현실이
너무나도 슬플 뿐입니다
그리고
이 드넓은 세상을 혼자 살아간다면
더 많이도 외로울 테지요.

겨울 바다

나의 바다
겨울 바다여
파도가 깨어지는
슬픈 바다여
지평선 멀리에
배 떠나가고
갈매기 울어주는
슬픈 바다여.

눈물의 편지

왜 당신을 사랑했나요
헤어질 수도 없는데…

사랑해선 안 될 운명에 몸부림치며
목 메인 이별에 가슴이 찢어집니다
우리의 세상을 온통 눈물바다로 만들고
괴로움과 절망 속에 나를 슬프게 한
사랑이란 서러운 이름 앞에
오늘밤 나는 눈물로 편지를 씁니다.
…

내 사랑
이제는 당신 떠나려 하나요
함께 한 세월들이 울고 있는데
내 가슴은 이미 무너져 내리고
남아있는 애증마저 슬퍼합니다
내 사랑
죽어도 못 잊을 사람
언제 어느 곳에 있더라도 울지 말아요
허망하게 지나간 시간 때문에
바보처럼 눈물을 보이지 말아요
그리운 내 사랑.

그리운 내 사랑.

홍천이 있습니다

서울에서
물안개 피어나는 양수리를 지나
속초, 설악산 가는 길목에는
하얀색 분홍색 무궁화 꽃 피는 도시
홍천이 있습니다

초록산 울타리에
화양강 홍천강 굽이 돌아 물 흐르고
공작산 골짜기 계곡 물도 쉬어가는
해뜨는 정겨운 도시
홍천이 있습니다

홍천을 생각하면 마음이 설레입니다
홍천을 그리면 가슴이 벅차옵니다
홍천에 가면 기쁜 일이 있습니다.

내 고향 방내

내 고향 방내는
높은 산 깊은 골
늦게 찾아오는 봄날은
여름 오는 줄도 모르고
들판에 감자꽃 피어날 때면
고추 따고 풀 메고
산허리 붉게
단풍이 물들 때면
먼 산 하얗게 눈발이 날리는
내 고향 방내는
겨울이 길더라
봄은 더디더라.

눈물

흐르는 눈물은 소낙비처럼 쏟아져 내리는
당신의 검은 두 눈에 눈물은
내가 떠내려 가리만치 많이도 흘렸었고
내 가슴에도 내 마음에도 가둘 수 없는
한줄기 작은 강물이 되어 흐르고 있다
흘려도 흘려도 마르지 않는 당신의 눈물은
영원한 샘이 되어 메마른 내 영혼을 적시며
가슴 아픈 그림자 되어 내게 다가온다
언제일까 알 수는 없지만
보고파도 볼 수가 없고
그리워도 생각할 수가 없을 그 날
당신의 그 뜨거운 눈물도 내 이 슬픈 영혼도
한줌 흙 되어 세상 어느 한 곳에 묻혀지는 날
우리는 또 다른 세상에서 또 다른 모습으로
그렇게 또다시 태어나고 있겠지 그러겠지.

집착

내가 너에게 주는 이 작은 애정이
너에게는 그렇게도 큰 고통이었니?
어느 날 나는 알았어
그것이 나에게는 행복한 하루의 일과지만
너에게는 죽도록 싫은 구속이라는 것을
그래서 나는 지금 고민에 빠졌어
나의 기쁨이 왜 너에게는 절망인가에…

영혼에게

쉬지 않고 은하를 달리던 우리의 기차도
이제는 종착역이 멀지 않았습니다
지금부터 앓아야할 무서운 가슴앓이에
모진 마음의 채비를 해야만 합니다
앞으로 보이지 않는 미래가
어떻게 우리 앞에 다가올지는 나도 아직 모르지만
나의 환상에서 멈추어버린 한 사람을 가슴에 묻고
영원히 함께 하려 합니다
가슴도 마음도 영혼마저도 떠나버린 육신뿐이지만
텅 빈 껍질만 일지라도 어느 한 구석에 남겨두려
무던히 노력하려 합니다
우리는 인간이지만 입만은 동물이 되어
그렇게 참고 살아가야 합니다
어떤 환경 속에서도 절대 포기하지 않으며
생명은 불꽃처럼 그렇게 살아가야만 합니다
어느 한쪽이 무너지면 함께 침몰하는 슬픈 운명이니
그 남은 한쪽을 위해서라도
우리는 끝까지 존재하며 남아야만 합니다.

그 남은 한쪽을 위해서라도

우리는 끝까지 존재하며 남아야만 합니다.

시간

어제를 과거로 남기며
내가 걸어온 쓸쓸한 그 길을
아쉬움에 뒤돌아보지만
아직 내게 주어진 시간도
나에게는 어쩌면
많이 지루할지도 모른다
그 남겨진 시간을
내가 모두 채우고 떠나기에는.

시

간

슬픈 노을

세월이 지난다고 해서 내 사랑을 잊을까
눈물이 마른다고 해서 이 슬픔이 멀어질까
너를 생각하니
지금도 그리움이 폭풍처럼 밀려오건만
갈대숲에 선 나는 어느새 슬픈 노을

세월을 잊었다고 해서 내 사랑을 모를까
꽃잎이 다시 핀다고 해서 그 날이 다시 올까
너를 사랑하니
지금도 내 가슴엔 뜨거운 눈물이 고이는데.

세월을 잊었다고 해서 내 사랑을 모를까
꽃잎이 다시 핀다고 해서 그 날이 다시 올까

외로움

울지 말아요
외롭다고 울지 말아요

앙상한 가지에 작은 새도
길가에 떨어진 낙엽도
외로움에 넘쳐
외로움에 떨고 있어요

울지 말아요
외롭다고 울지 말아요.

사랑이 울면

겨울의 가슴에
불을 지피고
얼룩진 추억에
색칠을 하며
사랑이 울면
돌아 갈거야
눈물이 쌓여있는
골짜기
낙엽 덮인 옛집으로.

그녀의 재회

오늘밤 나는 보았습니다
세상 어딘가에 있을 것만 같던 사람
나를 앞서『이연』을 체험하고 당당하게
이 현실을 살아가고 있는 사람을

『많은 세월이 지나가도 잊을 수 없어서
그래서 늘 가슴이 아파와서
추억을 넘어 마주한 옛 사랑을 보니
반백의 머리에 가슴이 아파오고
돌아갈 수 없는 그날에 가슴이 아파오고
헤어져야만 하는 그 만남에
또다시… 또다시 가슴이 아파왔다는…』

우리의 삶은 그런 것인가 봅니다
그렇게도 그리워서 다시 만나보면
안타까운 현실에 목이 메이고
어찌할 수 없는 자신에 눈물이 나고
그래서 다시 또 가슴이 아파오는.

슬픈 이별

상처가 깊었어요 사랑 때문에
눈물도 넘쳤어요 미움 때문에
세월을 잊은 채 시간을 잊은 채
우리는 지금 울고 있습니다 현실을 망각한 채로
사람은 누구나 떨리는 심장으로 사랑을 하고
누군가를 만나면 언젠가는 꼭 헤어져야 합니다
가슴 벅찬 많은 날들을 과거라는 어제로 남기고
추억이라는 눈물로 지우며
이제는 그만 돌아서야 합니다
사랑은 슬프고 사랑은 안타깝지만
세상에 태어나서
내 다시는 오지 않을 이 현실에 서서
나는 후회하지 않으렵니다
내가 만든 과거와 지금의 이 슬픈 이별을…

한 해가

한 해가 가네요
많은 시련과 수많은 번민 모두를 안고
언제 다시 온다는 기약도 없이
안녕이라는 인사조차도 하지를 못한 채
먼 옛날로 또 한편의 조각난 추억을 남기며
한 해가 또 가고 있네요

언제나 그렇듯이 돌아보면 아쉽고
지나고 나면 모두가 그리운 현실의 이 시간들이
날이 가면 갈수록 세월이 가면 더할수록
안타까운 그 무엇인가를 애절하게도 남기며
한 해가 또 가고 있네요

초롱초롱 빛나는 밤하늘의 저 별들도
도심 속을 밝혀주는 그 화려한 불빛도
지금은 외롭고 지금은 고독하고
지금은 쓸쓸하기 그지없는 이 겨울의 길목에서
안타깝게… 안타깝게도 나를 울리며
서럽도록 또 한 해가 가고 있네요.

동암역

하얀 눈 속에 비가 내리네
낮부터 어둔 저녁 지금까지도

일월의 마지막 이 밤
봄을 재촉하기엔 아직 이른 듯한데
불빛 흔들리는 동암역 밤거리엔
우산을 펼쳐 쓰고 흐르는 사람들

검은 옷 긴 머리
우산 들고 팔짱 끼고.

잊지 못할

뜨거운 긴 여름의 한 낮
진종일 태양을 받아 지쳐버린
길가의 한 폭 시든 풀잎처럼
내 삶의 힘겨움에 비틀거리던 어느 날
평생교육을 지향한다는 배움의 터에
어찌하여 나는 들어섰다
무력했던 내 하루들에
새로운 마음 새로운 각오로
나에게 꿈과 희망을 안겨준 그 이름은
잊지 못할 『한국방송통신대학교』.

꿈꾸는 영혼

겨울이 가고 있어요
하얀 겨울이 저 멀리에 가고 있어요
님이 가시던 날
겨울과 함께 떠나가던 날
그날은 몹시 추웠었지요

육중한 쇠뭉치로 얼어붙은 땅을 파고
차가운 흙과 함께 말없이 묻혀진 님은
지금 무슨 꿈을 꾸고 있나요

그 날보다 훌쩍 커버린
님의 머리맡 낙엽송은
새 옷 입을 준비를 하고
갈나무 가지 위 종달새도
봄을 기다리네요

지금 세상에는 바람이 불고
비가 내리고
또다시 계절은 바뀌고 있는데
님은 꿈속에서 무엇을 하고 있나요
님도 겨울옷을 벗고 있나요

보고 싶은 님이시여.

연인 산

낮선 얼굴의 만남은 낯설지 않았습니다
우리의 처음도 어색하지 않았습니다
3월의 햇살이 부서지는 아침
그 산에 오르면
사랑과 소망이 이루어진다는 전설의 산
연인 산으로 우리는 떠났습니다

아지랑이 아롱이는 양지에
파란 풀잎이 눈부신 세상 위로 솟아오르고
한 걸음 또 한 걸음 그렇게 오른 산 능선에는
솔내음 가득한 하늘색 바람이
혈관을 돌아
나의 심장까지 스며들었습니다

얼마만인가
삶에 밀려 이 작은 행복의 여가마저 잊고 산지가
문학을 사랑하며 음악을 사랑하며
끝없는 외로움과 고독의 몸부림에 반항하던
나의 외침을
이제는 여기서 마감하려 합니다

연인 산
그 산에 오르면
사랑과 소망이 이루어진다는 전설의 산
함께 한 얼굴을 새겨보며
이제는 고독이란 슬펐던 기억을
나의 가슴 한켠에 추억으로 남기려 합니다.

인연과 정은

맺은 인연이 많으면 많을수록 눈물도 많단다
사람의 정이란 또한 무서운 것이란다
전생에서 오백 번을 스쳐야
이승에서 한 번을 스치고 지나간다는데
가까이 맺은 인연일랑
전생에서 수만 번은 맺었을 테지
맺은 인연이 깊으면 깊을수록 정은 강물처럼 불어나
누구나의 마음에도
눈물의 강을 하나씩 가지고 있단다
이별의 순간마다 그 강물을 퍼내면
그만큼 추억의 강물로 다시 채워진단다
맺은 인연이 많으면 많을수록 정은 깊어진다니
사람의 정이란 모질지 못하여
이별의 아픔 또한 클 수밖에 없단다.

윤종관 정리.

형에게

진작 편지를 보냈어야 했는데
하루하루 미루다 보니…
……
오늘 이곳엔 첫눈이 내렸어
이렇게 눈을 밝으며 생각하니
그 무덥던 한여름이
아쉽기도 해
이젠 가을걷이도 다 끝나고
할 일이란
겨울 땔나무만 하면 되는 거야
농촌생활이 고달프기도 하지만
이렇게 즐거울 때도 있어…
……

1978년 10월 29일 고향에서 윤종명.

• • • • • •

친우에게

지금 이 순간도 가을은 점점 깊어만 가는 구나
독서의 계절
『좋은 책을 많이 읽어라』하시던 선생님의 말씀도
이젠 내 곁에서 사라진지 꽤 오래
아직 다 퇴색되지 않은 낙엽이 나 뒹굴 때면
내 마음도 어딘가 허전한 맘 금할 길이 없단다
저 떨어지는 낙엽의 고귀한 풍경을
언제나 볼 수 있는 것은 아니겠지
한 일생의 생을 마치고
다음해를 기약하며 사라져 가는 낙엽
비록 떨어져서 걸음이 될지언정
가장 뜻있는 삶을 영위했노라 자부하고 있을 거야
그래서 우리는 지금의 생활에 만족하지 못하더라도
먼 날을 위해 참고 또 행복한 삶을 위해 노력하고
개척해나가는 것이 아니겠니…
지금의 생활에 만족하고 행복한 미래가 찾아온다면
더 이상 우리에겐 바랄게 없겠지만
완전한 인간은 조물주께서 창조하지 않으시니까
우리는 태어나면서부터 부족한 부분을 채우려고
오늘도 아니 이 순간에도 분발하고 있는 것이겠지
친구는 지금 무슨 일을 하는지 나는 잘 모르지만

미래의 행복한 삶을 위해 그렇게 생활해야 되겠지

친구여!

두서없는 글 이해 바라며 건강하게 잘 지내길…

일구팔공년 시월 십오일 서석에서 金鎭禮

오빠에게

적막이 깔린 지 이미 오랜 시간

이름 모를 풀벌레소리가 정겹게 들려오는 밤

아름다운 불빛 속에 고개 들어 하늘을 보니

누구의 별인지 모르지만 푸른 하늘 은하수에

영롱한 빛 반짝이고…

안녕하세요?

7일부터 기말 고사가 시작되어

오늘로 꼭 반을 마쳤어요

후회 없는 여고시절의 마지막을 장식하고 싶어

점심도 굶어가며 도서관에서 지냈는데

난 역시 I, 는 좋은데 Q, 가나쁜 가 봐요

조금 전엔 낙서 장을 뒤적였어요

몇 일전 괴로움에 뒤범벅이 된 낙서들이 즐비해요

지금 보니 아주 작고 하찮 은 것들인데

얼마든지 그냥 이해할 수 있는 것들 이였는데

왜 그렇게 괴로워했는지 웃음이 날 지경 이예요

오빠!

한번의 꽃을 피우기 위해서

365일 동안 모질게 살아가는

선인장을 생각해 보셨나요?

물이 우리에게 주는 의미는요?

요즘은 모든 사실이 그저 새롭게만 느껴져요

비록 하찮은 것일지라도...

아마 내가 성장한다는 증거인가 봐요

어느 날 어떤 분이 이렇게 말씀하셨지요

『한 인간이 인생을 성공적으로 살았다는 것은

타인을 앞지르며 높게 사는 것이 아니라

자신의 확고한 신념아래

주어진 삶을 충실하게 사는 것이다』라고 말예요

오빠!

오랜만에 Pen을 들어서 미안하다고 생각해요

그럼 이 밤 잠들어있을 오빠를 그리며

다음에 또 소식전할 때까지

안 녕 히…

1981년 6월 11일 수원에서 송경회.

가을

가을이 되면
온 세상은
황금으로 물든 세상

나무에는 황금빛 열매들
서로서로 잘 보이려
얼굴에 분바르고
손짓을 하네

황금열매 떨어질까
바람마저 조심조심
불고 있다네.

초등학교 가을날 연석희.

가을

134

그래야 한다고 합니다

난 그 사람이 너무나 보고 싶은데
나는 그러면 안 된다고 합니다
난 편지를 쓰고 싶은데
나는 참아야 한다고 합니다
난 가슴이 아픈데
나는 그냥 웃어야 한다고 합니다

이럴 줄 알았다면 그 사람의 눈빛을
그 사람의 얼굴을 기억하지 않았을 텐데
난 왜 그 사람을 잊을 수가 없는 것인지
외로움에 익숙해진 난
지쳐버린 내 가슴속에
더 이상 그 사람을 가둘 수가 없습니다

난 그 사람을 생각하면
혼자서도 미소를 지을 수가 있습니다
하지만 나는 가슴이 아파 옵니다
그 사람이 늘 기쁘고
행복하게 살아가길 바랄 뿐입니다.

언제나 詩가 당신 곁에 있기를 바라며...
2002년 04월 26일 남해에서 H.

꿈

지금 잠을 자면

꿈을 꾸지만

책을 펼치면

꿈을 이루게 됩니다.

2002년 5월 1일 PM 11시 50분
방송대 중문과 01학번 김현미.

슬픈 마네킹

한 인간이기에 너무 슬퍼집니다
삶의 의욕도 생겨나지 않고
암흑과도 비교할 수 없는 어둠이
내 삶을 질타합니다
혼자 먹는 밥이 싫은 날
생각하고 있는지도 모르겠습니다
너무 많이 지나간 시간에 눈물이 나고
나는 지금 어디에 있어야 할지도 모를
이 맘이
그 가될 수 없는 현실에 서럽습니다
누군가에 매달리고 싶은 데
그 잠시를 못 참고 달아나는 사람
내가 한심한 건지요…

공주에서 별.

바람소리

가슴에 부는 바람 소리를
그대는 들어보셨나요
마디마디 한 맺힌 원망을 안고
그대 떠나가지 못하는…
살을 애는 듯한 이 소리는
내 마음의 소리입니다
떠날 수 있어도
떠나가지 못하는 이 고통을
저 바람은 아는지요
시리도록 사랑하다
순수함 마저 잃어버렸습니다
이미 깊은 어느 여인의 상처를
이 가을이 아프게 하네요
그대는
바람 소리를 들어 보셨나요
어느 한 여인의 사랑 소리를.

서석면 청량초등학교 22회 박영숙.

어느 한 여인의 사랑 소리를…

바다가 보이는 작은 창문을 열어놓았다

그 섬에 가고 싶다

바다가 보이는
작은 창문을 열어놓았다
먼 바다 위로 배들이 지나가고
고깃배들의 불빛은
밤바다에 내린 별빛

해초 내음 따라
바다 새들이 날아오르고
나래 펴듯 찾아올
내 뉘를 기다리며
작은 탁자 위에 내내 키운
한 송이 꽃을 올려놓았다

넓은 바닷가 지평선에서
아침이 열리고 해가 저물 때
그 섬이 보이는
작은 창문을 열어놓았다
그 섬에 가고 싶다.

2003년 12월 6일 부산에서 친구 엄희순.

기억 속의 어머니

바람 조는 모퉁이
한 뼘 뜨락에
달무리 기다려 씨앗을 뿌리셨지
기억의 저쪽 어머니는

시름을 거느리고
토담 벽 쌓으시던 날
언덕길 가벼이 오르셨지
물동이엔 별빛 출렁이고
마음 밭엔 동백 심으셨지
어머니는

백열등 아래
체온 덥히며
헤진 세월 꿰매시던
어머니

오늘!
이순 의 뒤안길에서
한의 동아줄 풀으소서
반백의 머리칼 빗질 할 수 있다면.

친구의 두 번째 시집출간을 축하하며…

인천에서 장옥선.

그리움은 바보처럼

당신이라는 그림자 앞에
오늘도 이렇게 서성이다가
흔적 없이 사라져 버릴
가엾은 이름 하나 서있습니다

마음을 전하지도 못하면서
이러다가 지쳐버릴
안타까운 이름 하나 서있습니다

그리워지면 잠들어 버리고
슬퍼지면 눈물 한 방울 초대해
가슴을 적시고 마는
쓰라린 이름 하나 서있습니다

그러다가도
당신을 생각하며
그저 한 번 웃어버리고 마는
바보 같은 이름 하나 서있습니다.

서석면 청량초등학교 22회 최종순

144

그러다가도
당신을 생각하며
그저 한 번 웃어버리고 마는
바보 같은 이름 하나 서있습니다.

연 꽃

알 수 없는 사연을
푸른 손바닥에 담아
낮에 피었다가 밤이면
꽃잎을 닫는 天上의 꽃

깊은 뻘에 뿌리를 박고
물 흐르듯 生하나 버둥거리다
어머니의 恨맺힌 기도로 피어나는
눈물의 꽃이여

오고가는 바람도
황홀한 고독 앞에 향을 피우고
윤회의 사슬을 보는 듯한 연꽃의 속살을
별들은 본 적이 없다

화두를 틀다
피를 토하는 젊은 비구니의 입술 같은
꽃잎이여…

前生의 사랑을 못 잊어
이승을 헤매다 연못 속에 빠져버린
아, 그대는 다가갈 수 없는
나의 첫사랑
영원한 내 여인이여…

기봉웅.

이랬으면 좋겠어요

언제나
우리사랑이 있고
정이 넘치고
시샘도 없고
항상 즐거움만 가득하니
세상이 밝아져 가는 것 같은 느낌

그러면서도 가까이 있어
늘
아무 때나 손 내밀면
잡힐 것 같은
그런 모습들로 가득 채워져 있는
행복한 세상…

차가운 공기가 싸 한 게
이제 정말 겨울인가 봐요
여름비는 지루하고
가을비는 청승맞더니
겨울비는 상쾌하네요

목요일 움츠리지 말고
목에 힘주고 당당하게
웃는 날 되세요.

2003, 11, 27, 방송대 인천 중문학과 03학번 박/현/옥/

봄

햇빛 밝음도 그대의 선물입니다

5월의 향긋함도 그대의 선물입니다

향나무와 벗나무의 맞닿음도 그대의 선물입니다

그대의 가락에 세상의 온갖, 너울렁 춤을 추며

저 낮을 향해 두 팔을 힘껏 뻗어 보이지만

그대를 맞이하는 나는 자적하기만 합니다

바다를 가르고 산을 날아 온갖 것들과 함께 견뎌냄을

환희하고 희희낙락 희망을 채워 둡니다

그대의 향기의 찬가도 무덤가의 손님들도

웃음을 보낼 준비를 한답니다

마당에 내려서니 그대는 나를 더욱 반기는 듯 합니다

일각에 그대의 만남을 향기로운 님으로 품어두겠습니다

나의 쓸쓸한 정체를 알고 있지 않다면

조용히 찾아올 그대를 위해

끝없는 은총을 찬미하였을 것입니다

地水火風 흩어질 때

그대, 나를 맞이함에 자적함을 있지 말아 주십시오.

방송대 인천 중문학과 01학번 박종숙.

그 대 _의

향

기

3月이 오면

3월이 오면
버려진 들녘에는 숨결처럼
상긋이 바람이 불고
나울나울 아지랑이 언덕 아래로 숨었던
햇살이 내려
여자 애 속 웃음 같은
새순은 돋아 오르리

3월이 오면
종다리 우지짖는 3월이 오면
홀로 된 아낙들
달래 냉이 바구니에 그리움을 담아내고
낭군님 소식 인양
된장국 한입에 하얀 입 속 드러내리

계절은 여심 같은 것
속절없이 흘리고 간 미소 같은 것
해도 해도 끝이 없을 그 추운
겨울 이야기들을 한낱
서글픈 기억 속에 묻어버리리

3월이 오면

양지 끝에 모여 앉은 강아지들

낮잠이야

평온을 감사하는 애틋한 기도인양

달기만 하고

앞 산

꼴 뜯는 어미 소의 긴 울음은

작은 삶을 찬양하는 힘찬 고동인 듯

게으른 농군을 부르리.

3월에 떠난 사람 정진산.

당신의 뜻

주여!
모든 것이 당신의 뜻이나이까?
사라져 감이 있나이다
잊혀져 감이 있나이다
당신께서 펼쳐주신 이 보금자리는
구릿빛 십자가에 걸린 석양만큼이나
바람 끝에 흩날리다
뒹구는 낙엽만큼이나
낡고 닳고 제 색을 잃었나이다
아픔은 새로운 아픔에서 더욱
사랑하게 하소서
굴레를 깨치고 처음을 노래하는
새끼 병아리의 생명에서도
귀뚜라미 울어 주는 공원
스산한 벤치
주름진 노인의 한숨에서도
표현 없는 눈망울을 굴리며
가을하늘 파란 가장자리에
하얀 가슴을 맘껏 펼치는 비둘기처럼
평화로운 사랑을
우리 상처 진 가슴들에 적셔주소서.

3월에 떠난 사람 정진산.

인생

허황한 마음으로

꿈틀거리는 가련한 인생이여

모락모락

피어오르다 사라지는

담배 연기처럼

인생을 추구하지 않으리니

이 밤

외롭고 쓸쓸해도

지지 않는 꽃이 되어

흔들릴 때마다 한 잔의 술로

꺾일 듯 꺾이지 않는

인생이 되리니

추위에 애워쌓여도

비바람

눈보라가 몰아치더라도

떨지 않으리.

방송대 인천 중문학과 04학번
꽃을 사랑하는 사람, 이지 플라워 이덕희.

가을빛

그것은 분명
찬란한 무지개와 함께 한
천사의 우아한 날개의 바람 빛이다

영혼의 혼탁함을
말갛게 털어 내는
선하디 선한 신비 속의 아린 빛이여

나의 시들어진 영혼
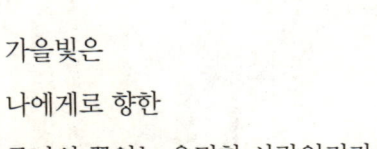
가을빛에 물들여지고
충만한 환희에 소생함을 느낀다

가을빛은
나에게로 향한
주님의 끝없는 은밀한 사랑일러라.
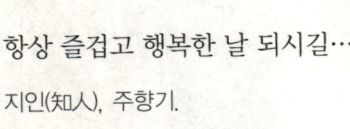

항상 즐겁고 행복한 날 되시길…

지인(知人), 주향기.

156

가을 연가

가을을 반기느라
가냘프게 휘어질 듯 하늘대는
하얀 애처로운 너의 모습
가을을 많이 기다렸나보구나

기다림에 지쳐 길어진 너의 목에
소슬바람 한 자락 살며시 스쳐가니
수줍어 미소 지며 홍조 띠는 너의 모습
가을을 많이 사랑하고 있었구나

다정한 밀어 눈길 한번 없지만
기다림을 알아준 듯 다가선 이 가을에
너무나도 고마워 춤을 추는 너의 모습
퍼렇게 멍든 하늘은
아픈 마음 끌어안고 높아만 지는데

가을이 무정하게 등 보이며 떠나가도
스쳐간 인연의 설레임을 간직한 채
코스모스 그리움에 사무치게 노래한다
서글픈 음률로 만추의 서정을.

지인(知人), 주향기.

겨울밤의 낙서

춥다
이제는 정말 겨울인가보다
돌아오는 새벽길이 추웠고
골목길 가로등도 떨고 있었어
커튼 틈새 사이로 찬 기운이 스며들고
창을 두드리는 바람 소리는
새벽 내내 가슴을 스치고 지나간다
이 겨울은
따스한 봄날을 기다리며
뜨거운 여름을 부르며
그렇게 외롭게도 벌판에서 떨고 있는데
낮과 밤이 바뀌어 창문이 밝아야 잠드는 나
몇 날을 원고 정리 한다며 밤을 새니
마누라는 기가 찬 듯하다
내버려둬 내 취미니까
이렇게 해서 준비 중인 2집이 거의 끝나간다
죽어라 일을 해도 살기 힘든 세상인데
내가 예뻐 보일 리가 없겠지
그래도 당당하다 아침이야 밥 먹자.

봄의 오후

　꽃이 피는 계절 부서지는 햇살을 받으며 3층 창문을 열어본다 주차장을 내려다보니 차가없다 며칠 전부터 일요일 꽃구경 가자던 아내가 작은아이와 함께 떠나버린 것이다 고 3인 큰애는 밤 낮 일요일도 없고 이제 집에는 나 혼자 한 낮의 고요가 평화롭게 밀려드는 이 시각 시험을 코앞에 두고 나는 책상 앞에 앉았다 리포터도 작성해야 하고 시험공부도 해야 하는데…

　처음 신입생 시절의 각오와 달리 많이 지쳐 있는 나를 발견하며 깜짝 놀란다 3학년에는 학생회 일을 맡아 학습에 소홀했고 4학년을 맞으며 이제는 정말 초심으로 돌아가 그 동안 못 다했던 학업에 전념해야지, 했는데 학생이기 전에 가장이라는 또 하나의 현실이 나를 자유롭게 놓아주지 않는다

　새벽4시30분 일교차 때문에 아직 밖은 쌀쌀하다 하루의 영업을 마치고 나의 분신이 잠들어있는 집으로 돌아가야 할 시간 운동복으로 갈아입은 아내가 말한다 「가다가 인천대학교 가로수라도 좀 바라보고 가, 가로등아래 밤에 핀 꽃이라도…」

　아내는 5km거리를 매일새벽 달려서 집으로 온다 불어나는 체중에 중년이 되어 가는 자신에 언젠가부터 스트레스를 받고 있는 것이다 「오늘은 힘든데 차 타고 가자.」 「이 남자는 도와주지 못할망정 초를 쳐요.」 「이제 여름이 오는데 비가 오면 어쩔래?」 「우산 쓰고 새벽에 뛰면 이상하다고 하겠지?」하며, 저만치 어둠 속으로 사라진다

　내가 어느새 여기까지 왔나 나는 아직 꿈 많은 소년인데 저 푸른 창

공을 높이도 나르려 했건만 어느 날 나는 날개를 잃어버렸다 몹시도 힘겨웠던 그 많은 세월을 보내고서야 이제 담담하게 살아간다

어제는 서울 출판사에 다녀왔다 인쇄 들어가기 전에 한번 더 살펴보려고… 오후에는 우리학과 일일호프에 초대를 받았다 꼭 일년 전 내가하던 일인데 어제는 초대를 받은 것이다 그 동안 만나지 못했던 학우들 그리고 낯선 신입생들과 새벽이 가도록 술잔을 높이 들며 오랜만에 지난해 고생한 임원들과도 마주했다

진동으로 놓아둔 휴대폰이 울렸다 저장이름 노금숙, 「어디세요? 오늘 안보여서요.」가슴 벅찬 음성에 나는 그만 숨을 멈추고 말았다 지난해 내 곁에서 그렇게 많이 애 썼는데도 나는 그 학우를 생각하지 못했다 그 시간 같은 장소에 함께 있으면서 만나지 못하고 돌아가는 길에 전화를 한 것이다 나는 또 한번 죄인이 되어 미안한 마음으로 얼굴을 붉힌다 내일은 편지를 써야지, 「요즘 어떻게 지내세요? 잘 지내지요?」

저자 소개

나는 지금도 전기불이 없는 삼밭골 이라는 산골에 본가를 두고 주말이면 새벽을 달려 어머니와 함께 아침밥을 먹습니다 아버지는 제가 초등학교 4학년 때 돌아가셨고 일찍 상경하여 직장을 전전하다 음악의 길을 가기도했습니다

그 후 다시 공부를 시작하여 1996년에 고등학교 졸업 검정고시에 합격하고 2001년에 한국 방송통신대학교 인천지역대학 중어중문학과에 입학하여 3학년 때에는 학과 학생회장을 역임하며 때늦은 대학생활의 잊지 못할 추억을 만들기도 했습니다

가족으로 처와 아들 둘을 두고 인천 동암에서 작은 업소를 운영하며 앞으로 희망이 있다면 학교를 졸업하고 몇 년 후 고향에 내려가 언덕 밭에 오갈피나무 심고, 강아지 병아리 한가히 키우며 들꽃향기 가득한 옛집에서 누가 읽어 주는 이 없을지라도 이름 없는 소설을 쓰면서 그렇게 전원에 살아가려 합니다 그리고 내 영혼의 슬픈 편지는 이것이 마지막이 되길 간절히 바랍니다.

우리 두 사람 그리고 우리의 분신 둘

글을 마치며

또다시 많은 날들이 지나갔습니다
그동안 메모했던 글을 정리하여
이렇게 두 번째 시집으로 출간해 봅니다
한 가정의 가장으로 식솔을 돌아보며
어깨를 누르는 삶의 무게에 힘겨워도 하고
홍역 같은 아픔에 울기도 했습니다
하지만 이 모두는
내가 이 세상에 존재하기에 체험할 수 있는
가슴 벅찬 일들이라 기쁘게 여기며
마지막 장의 이 글을 마치려 합니다
편지를 준 친구들에게 고마움을 전하며
낯선 저와 이 긴 시간을 함께하여 주셔서
너무도 감사합니다.

2004년 2월 25일 인천에서 저자　윤종관

초판1쇄 인쇄 | 2004년 5월 17일
초판1쇄 발행 | 2004년 5월 18일

지은이 | 윤종관 **펴낸이** | 박대용 **펴낸곳** | 도서출판 징검다리

주소 | 121-886 서울시 마포구 합정동 426-1, 3층
전화 | 02) 3143-1966, 332-3880 **팩스** | 02) 3143-2757
이메일 | zinggumdari@hanmail.net

출판등록 | 제10-1574호 **등록일자** | 1998년 4월 3일

ISBN 89-88246-77-2 03810

나 다시는 당신을 그리 슬피
보내지 않으렵니다

겨울의 가슴에 불을 지피고
얼룩진 추억에 색칠을 하며
사랑이 울면 돌아갈 거야
눈물이 쌓여있는 골짜기
낙엽 덮인 옛집으로

－본문 중에서

윤종관 시집/값 6,000원

생떽쥐뻬리가 빠뜨리고 간 어린왕자

"간절히 원하면 이루어진다"

『어린왕자』를 757번이나 읽을 정도로 어린왕자를 그리워 했던, 순수하기만 한 주인공에게 어느날 어린왕자가 그의 앞에 나타나면서 이야기가 시작된다.

· 자신의 모습에 열등감을 느껴 갈매기의 큰 사랑을 보지 못한 꽃게 이야기
· 익숙해짐에 뒤늦게 나무의 소중함을 느끼는 마가레트 꽃잎
· 참새를 그리워하는 허수아비
· 사랑하는 이를 위해 마지막 꽃잎을 떼어주는 바보꽃
· 자신에게 다가올 행운만을 기다리는 목이 긴 사내의 이야기

김현태 지음/값 6,800원

사랑은 시작하는 순간부터

사람은 누구나 인연을 맺고 헤어지기를 반복하며 자신의 삶을 변화시키고 일깨워주기도 한다. 흔히 인간은 망각의 동물이라고 하듯 그 시에만 죽을 것 같이 힘들어 하지만 시간이 지나면서 무뎌지고 잊어버리며 현실에 잘 적응해 나간다. 하지만 인간은 추억으로 산다고 한다. 즐겁고 재미있었던, 때로는 아픔으로 기억된 추억들은 모두 잊지 않고 소중한 기억들로 가슴속에 남겨두곤 한다.

읽는 책이 아닌 보는 책으로 광고 카피를 보듯 짧지만 간결한 문체에 호소력을 지녀 저절로 고개가 끄덕여지도록 한다. 또한 여러 사물과 생명이 있는 모든 것에 의미를 부여하기도 하고 비유법을 사용, 재치 있는 글의 묘미를 느낄 수 있다.

김경미 지음/값 9,000원

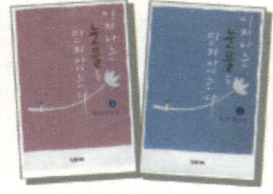